marcella saraceni

é poeta, fotógrafa, redatora e entusiasta dos assuntos ligados a alimentação, política e arte. Nasceu em uma família de pais homossexuais e desde nova percebeu que não cabia nas caixas sociais pré-moldadas.

Para subverter a ordem e aprender a conviver com as perdas em sua vida, escreveu, encontrando na poesia uma fonte de força e coragem para expressar seu sentir.

Na experimentação do corpo e das palavras, segue buscando novos caminhos e relações mais amorosas consigo e com o mundo.

POESIAS FAMINTAS

marcella saraceni

editora Urutau
primeira edição
2022

editora Urutau

avenida peirao besada, 6 – 2D
36163 poio-pontevedra
(espanha)

rua cajus, 478
jardim das cerejeiras, cotia — sp
brasil
06724-015

[+55] 11 94859 2426 [brasil]
[+34] 644 951 354 [galiza]

www.editoraurutau.com.br
contato@editoraurutau.com.br

[EDITORA]
debora ribeiro rendelli
[REVISÃO]
juliana palermo
[PROJETO GRÁFICO]
wladimir vaz
[COORDENAÇÃO GRÁFICA]
tiago fabris rendelli
[FOTOGRAFIAS]
marcella tavares saraceni
[DIAGRAMAÇÃO]
victor h. azevedo
[CAPA]
victor h. azevedo, sobre fotografia de marcella tavares saracena

dados internacionais de catalogação na publicação (CIP) de acordo com ISBD

	saraceni, marcella
S243p	poesias famintas / marcella saraceni. - cotia : urutau, 2022. 104p. ; 14cm x 19,5cm.
	ISBN: 978-65-5900-305-1
	1. literatura brasileira. 2. poesia. I. título.

2022-1955

CDD 869.1
CDU 821.134.3(81)-1

elaborado por vagner rodolfo da silva - CRB-8/9410

sumário

_ minhas palavras têm fome, elas não são *light*.

escrevo para tapar o buraco no estômago, mas a poesia me abre o apetite.

desse ciclo, não vicioso, mas fisiológico, me alimento.

e continuo sempre faminta.

1. O VAZIO DO EU — A PROCURA POR COMIDA

*

subverter a ordem: sutil e prolongadamente

*

eu queria
algum dia
habitar o espaço
onde minhas memórias estão guardadas
eu queria entrar nesse lugar
onde minhas experiências dançam juntas
e pairam no ar

queria acessar a imensa biblioteca dos livros que li
olhar a tela onde passa o compilado de tudo que vi
eu queria enterrar meus pés na mistura dos solos em que já pisei
mergulhar no oceano das águas que penetrei
e nos olhares em que me afoguei

eu queria estar no infinito dos abraços que já troquei
e acessar o arquivo da verdade que rasguei
eu queria tocar o rosto formado por todos que amei
e a poesia criada pelas palavras que vomitei

eu queria reaprender o tanto que esqueci
descobrir o aroma dos cheiros que senti
e em uma dimensão sem tempo
renascer no que já vivi

eu queria encontrar onde todos os caminhos se convergiram
e acordar os sonhos que adormeceram
estar na papila gustativa das primeiras refeições
e pairar no vento sublime guiado pelas canções

eu queria navegar
à luz do meio-dia
rumo à cidade vazia
da Eutopia

*

instrução primeira para momentos de sufocamento:
soltar o coração que pulsa na garganta
respirar nas palavras

*

escrever é tirar o pó de cima dos ossos
escavar a palavra que conta a história do corpo
juntar as partes
desvendar o sexo

*

primeiro eu aprendi
que não precisava de ninguém
que seria minha família
minha terapeuta
minha amante
depois aprendi
que quem me amava
poderia cuidar de mim
e isso poderia ser leve
eu aprendi a pedir ajuda
e entender que isso não é um peso
peso era o que eu carregava sozinha
sem necessidade
— todos em algum momento precisam de alguém

*

lembre-se sempre do nosso instinto principal:
nascemos para sermos felizes
momentos tristes não nos tornam
pessoas tristes
nossa natureza é feliz
não a perca dentro de você
o estado de felicidade
não é o riso
é a consciência de que você é feliz
apesar de tudo
— todos os sentimentos podem morar no estado de felicidade

*

quando você sentir
um imenso vazio por dentro
quando sentir que não se reconhece
lembre que você não é uma só
você é composta por diversas facetas

aprofunde o vazio
distancie-se desse corpo
observe o que ele faz e diz
e com o tempo você poderá
conhecer uma outra versão sua
— prazer!

*

eu sofro de ausência
tenho intimidade com a falta desde criança
materialmente não tenho lembranças
do não possuir
mas emocionalmente sempre houve o buraco

eu tive que escrever o colo o cafuné o conselho
tive que encaixar os pais em algum livro que li
todos tiveram que ser substituídos
a sorte do poeta é poder dar vida a novas funções
e diminuir a necessidade do que é pré-conhecido

eu me acostumei à ausência e me conformei
em não precisar de mais
eu tinha e tenho medo de precisar e não ter
então me contentei com a distância

é certo que aprendi a ser sozinha
estar sozinha e não morrer de falta de ninguém
é certo também que preferia não ter aprendido assim
e mais certo ainda que as coisas são como são

eu sofri com a distância e tinha medo de ser vazia
e de me aproximar a ponto de o outro perceber
eu só não sabia de todas as belezas que carregava
eu não acreditava que sempre estive aqui
desenhando uma linda mulher
que tantos enxergavam
menos eu

*

— você não precisa sofrer para aprender —
se a dor vier
olhe para ela e deixe que te mostre
tudo o que ela pode oferecer
em tudo que pode se transformar
vocês já se conhecem
não será a primeira nem a última visita
mas não a convide para morar com você

enquanto ela estiver longe
decore sua casa com lindas flores
deixe-a sempre perfumada
escreva novas histórias
ocupe seu espaço com tanto amor
que a dor vai sentir
que há menos lugar para ela

trate bem sua dor
ofereça-lhe um chá
escute o que tem a falar
e assim
como qualquer visita
em algum momento ela vai se retirar

*

— as dores nos visitam
porque não nos pertencem
elas têm sua própria casa
nosso corpo é o lugar
onde o amor descansa

*

minhas dores e inseguranças
sempre foram silenciadas
eu aguentei os toques os beijos
os tapas e as maiores guerras mentais
no mais profundo e caótico silêncio
só meus diários meus quartos
meu corpo neurônios e baseados
puderam testemunhar tudo
era uma vergonha muito grande
misturada com a sensação
de ser minha própria heroína
e ninguém poder fazer nada por mim

sempre tive repulsa ao sentimento de pena
não tenho pena sobre mim
não há nada que não possa superar
ainda assim eu aprendi
que poder cair nos braços de amigos
e compartilhar o choro
é uma medicina de cura
ser amada pelo que se é
é um direito nosso
estamos aqui para amar e sermos amadas
não há nada de errado com quem tem vidas difíceis

as dores e a arte são velhas amigas
— promova um encontro entre elas —
qualquer que seja a arte
não esqueça que lutar ao lado de mulheres
é uma arte revolucionária
— todas nós temos dom para ela

*

não sei quantos anjos me fazem flutuar
quando a densidade se agarra aos meus pés
estou sempre tateando onde piso
mas meus olhos estão em volta
no céu na gota nos detalhes
que me fazem transver esse mundo
existe uma camada de mim
que é pura e não guarda feridas
— é pra lá que meu horizonte caminha

*

nasci atrasada
— eu preciso acompanhar as borboletas

*

o espelho me mostra
uma imagem que construo
dessa carcaça que peguei emprestada
vou devolver com a etiqueta de frágil rasgada
e cheia de marcas

não vieram instruções na embalagem
investigo e uso à vontade
antes que seja tarde

o que o espelho não mostra
às vezes vejo
às vezes não
às vezes veem
às vezes criam
às vezes some

o que o espelho não mostra
eu sinto
está aí dentro dessa carcaça
assim como em qualquer desgraça
e numa garça
distante
que faz como tudo que é real
— passa

*

os pés dançam entre as ruínas
enquanto beijo na boca do tempo
a linha faz caminho
entre duas normalidades

o tempo
sempre ele
escapa da atenção
sumindo sem contorno

quando a estrada da utopia
se apaga
uma palavra vem acesa

não há projeto de razão
só conflitos de interesse
e o tempo
ainda ele
tece silencioso
sua própria narrativa

*

— onde fica o contorno do tempo?

*

estas linhas vêm manchadas de lágrimas e cheiro de sangue
escrevo pois não tenho mais voz para gritar
para que as palavras eternizem a minha revolta
e eu possa deixar a alguém esse vômito de uma vida
escrevo porque em meu corpo não cabe
está coberto por costuras e buracos

remendo as letras que se perderam nas dúvidas
que não são minhas
mas de um povo que só questiona mulheres
e faz com que a gente pense
dez vezes antes de entrar em erupção
que faz com que a gente morra de medo
fale mais baixo
seja sombra

contorno cada palavra com a raiva guardada
e ainda que queimem os papéis grafados
eles já terão chegado
no peito rasgado de cada fêmea que leu
de dentro delas não há como arrancar
a força internalizada pela dor de todas

não sou nada além de uma mulher que resiste
isso é tudo que me basta
e vou parir por escrito
estampado e marcado
um exército de lobas
devorando o patriarcado

2. A RELAÇÃO COM O OUTRO — COMO NOS ALIMENTAMOS

*

me permitir amar uma mulher foi a maior revolução que já lutei

*

às vezes passamos tanto tempo junto
que esquecemos como é estar sozinha
esquecemos o que gostamos de fazer
e se essas marcas de cansaço no rosto
já existiam antes

*

certos amores vão te machucar tanto
a ponto de você se fechar para outros
eu sei que as decepções marcam
mas o que você sentiu é grandioso
é magnífico
toda relação é uma oportunidade
para você nutrir algo bom
permaneça com o seu sentimento
e não desacredite no amor

*

não foi perda de tempo
o tempo que você passou
em um relacionamento que te feriu
eu tenho certeza de que ele te ensinou
o próximo que vier
também pode te ferir
o amor não é essa coisa romântica
mas acredite
se você aprendeu
não será da mesma forma

*

— não quero sair do amor ilesa
quero sentir que amei

*

se seu beijo tem gosto de mar
e minha língua é um barco que navega
para onde vão nossos olhos
enquanto as bocas passeiam?
— *sonhei que escrevia isso*

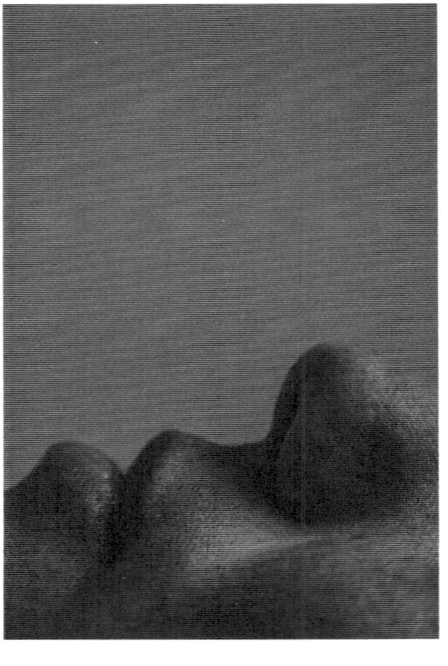

*

queríamos fazer parte daquele conto
que nossa história encaixasse nos personagens
mas antes da segunda página
eu tomei a taça de vinho e engoli todas as palavras
você ficou arrasada
sempre esperou que eu escrevesse algo sobre a gente
e fiz
você que não lê os rodapés as páginas de trás
você que diz que não entende nada quando escrevo rápido

em se tratando de nós é sempre rápido
porque tento não deixar o instante escapar
capto-o e paraliso nas linhas
você sabe que minha memória não é boa
então preciso registrar ao passo que acontece
o fato é que não nos encontramos naquela história
e você não quis viver nenhum dos roteiros que escrevi pra nós

é tudo tão efêmero e fugaz que às vezes não dá tempo
a gente sabe que você não tem paciência para ler meus devaneios
e eu não tenho tempo para ver suas fotos de infância
toda essa realidade dá um conto daqueles do Caio Fernando Abreu
mas é tudo tão velado que não pode ser

lembro do que dizia um:
o amor não cabe no que já foi dito
— reescrevo mais uma vez

*

o amor e a liberdade andam juntos
não damos liberdade a ninguém
ela já existe em todos nós
a gente só pode observar
o que o outro faz com a liberdade dele
e se o que faz nos machuca
temos a mesma liberdade
para decidir sair ou ficar

eu achava que a tinha perdido
porque não sabia o que queria
só que continuo sem saber
e ainda acho que mereço
o amor
— se disser que ao menos sei
o que não quero
já basta para você ?

*

você não vai salvar ninguém
você não vai mudar ninguém
você não é a mãe desse homem
se ele não recebeu carinho
ou acolhimento
dê todo o amor que tiver
mas entenda
— ele não vai mudar por você
ele só vai fazer isso por ele mesmo

*

se te olho no fundo da retina
é porque estou aqui
em alma corpo espírito e vontade
entrego minha presença à tua
nua
e vazia de expectativas

não precisas permanecer
teu olhar no meu
se não sentir
eu sei que ele às vezes
é forte demais

mas não me peça para ser menos
não diga que poderia ser mais
não compare nossos corpos
nem morra de medo do agora
tudo é só esse instante
é leve profundo e fugaz

— por favor
não pegue no celular

*

não romantize a ideia
de amar tanto alguém
a ponto de serem um só
porque essa pessoa
que se tornarão
terá um só corpo
mas duas cabeças
— quem vai pensar por essa pessoa?

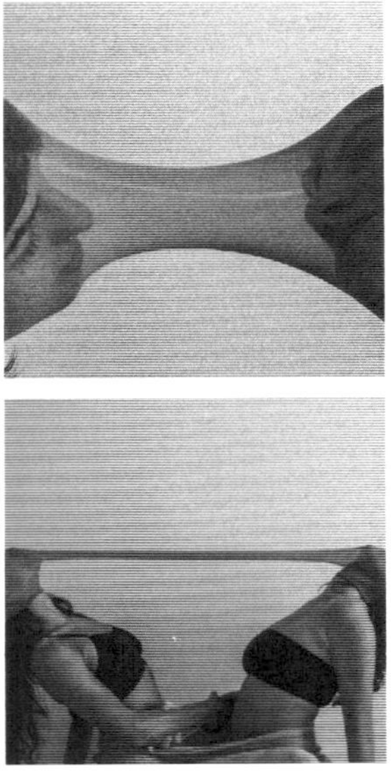

*

você precisa se amar muito
para amar o outro
quando faz isso
pode dar todo amor
distribuir sem economia
porque não vai te faltar
sua fonte vai estar sendo
constantemente alimentada

do contrário
quanto mais você doar seu amor
mais vazia ficará
porque vai sempre depender
do que te oferecem
e o que o outro tem para dar
nunca será o suficiente
para preencher o espaço
que só o seu próprio amor
pode ocupar

*

quando ela me tocou com os olhos
nossos corpos se beijaram

*

o gelo queima
as coisas começam
a acabar
o veneno pode conter
o antídoto
o aceiro pode conter
o fogo

tudo tem sua

t e m p e r a t u r a

essa água gelada
no meu corpo quente
embaça
para enxergar é preciso
— passar as mãos

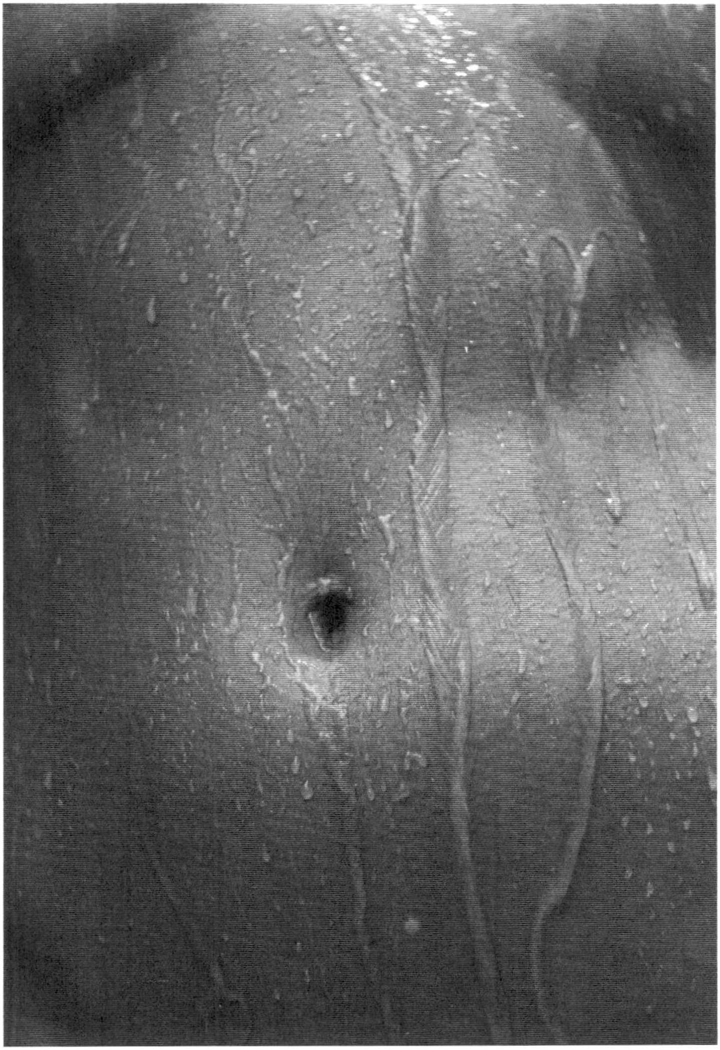

aquela época em que pensamos em escrever cartas para alguém

já chegastes a ver alguma vez esses pequenos seres brilhosos
que fazem do mar um grande céu estrelado?
s-p-i-r-o g-i-r-o

eu virei o ano mergulhando nua na água cósmica da costa verde
pensava que podia ser a onda do sintético
porque eles colam no corpo da gente e viram parte
é psicodélico

ver a festa de fora também
sombras que dançam e comemoram que o amanhã vai chegar
e tudo pode mudar mais uma vez
ufa!
respiro fundo nessa esperança

lembranças passam como os spirogiros
estou muito presente na companhia da Malu
mas inevitavelmente eu penso
nas ondas que me acertaram
como mergulhei muito fundo
esperei a espuma passar
boiei depois da ressaca

quantas vezes você morreu esse ano?
eu parei de acompanhar depois que enterramos nós duas

*

— quanto de mim existe na imagem que vejo do outro?

*

tá tudo bem se você achar
que agora ainda não é a hora
eu só queria que você lembrasse
que as coisas passam
que as horas passam
sejam contadas através do calendário gregoriano
ou pelo tempo que permanecemos nos encarando sem piscar

os dias marés as dores e a graça
passam também
as histórias passam
as carreatas com políticos falidos passam
a moda a ideia a escada rolante
essa vontade de nos engolirmos
o calor o arrepio
esse momento de contemplação de cada traço do rosto

memórias passam
certas mágoas rancores e amores passam
esse ímpeto de jogar meu corpo no chão para você não passar
para você se jogar comigo
em mim
também passa

se você continuar acreditando que o destino tem mãos infinitas
nas quais se pode jogar tudo
se você não perceber que seguro na extremidade do instante
e estico estico estico de modo que ele dure até você notar
se não sentir que seu corpo grita de alegria quando vê o meu
e sua mente rebelde se afasta com a convicção de que sabe o certo

se nada disso lhe soprar que podemos viver o vento fresco da
primavera
sem pensar no calor do verão que nos acorda
abro todas as janelas e portas
te arranco de cada pedaço de mim
libero as estradas do tempo
para que você passe
pode ser que eu demore
mas cedo ou tarde
— passarei também

*

folhear em câmera lenta
o poema do teu corpo
ler as notas de rodapé
escondidas em tua virilha
recitar os versos vibrantes
das tuas pernas trêmulas
— façamos sarau

*

olhar dentro dos olhos do outro
é uma deliciosa preliminar
primeiro desnudamos a alma
depois tiramos a roupa

*

a vida segue o movimento
dos nossos corpos
quando o caos se instala
ainda podemos dançar
amor raiva dor prazer
tudo é ritmo
cada passo que criamos
tece uma coreografia
única
que não se repete jamais

3. A CURA INTERIOR — DIGESTÃO E LEVEZA

carta ao meu corpo

ei, você
por que o medo de cair?
por que esse nó no seu estômago
se desde que veio a este mundo
tudo o que mais faz é cair?

você que se expõe às beiras das alturas
que conhece a cor da rota para o abismo
você que se estilhaça que se transfigura
às vezes caminha torto até o próximo buraco da próxima
esquina
por que o medo da queda?

eu sei o que leva
eu lembro o quanto caminhou por estradas
que nunca te disseram se eram seguras
eu lembro as porradas os abusos
a liberdade extrema e a opressão

vejo os machucados que dormem
em esconderijos como o apêndice
que é esquecido até que dói
também vejo as luzes a poesia
o amor que transporta por todas as células
e sua vontade de viver

*

te agradeço por ter suportado tanto
o que tantas vezes não aguentei
mas sabe na verdade sim
porque ainda sou parte de ti
precisamos nos alinhar não tenha medo

olha quero te dizer
que sei que tens uma outra inteligência além da minha
e prometo ouvi-la cada vez mais
sutilizar a existência dessa alma que te habita
para que possas sempre dançar por aí sem mim
deixar que fale a tua linguagem

te agradeço também por ser morada leve e aquecida ainda
[nas maiores tempestades

quando quiser

cai

é seguro

*

abrir o peito:
criar mais espaço
para sentir

entregar
o corpo
em símbolo
de coragem

quando a cabeça
permite cair
o coração
assume as rédeas

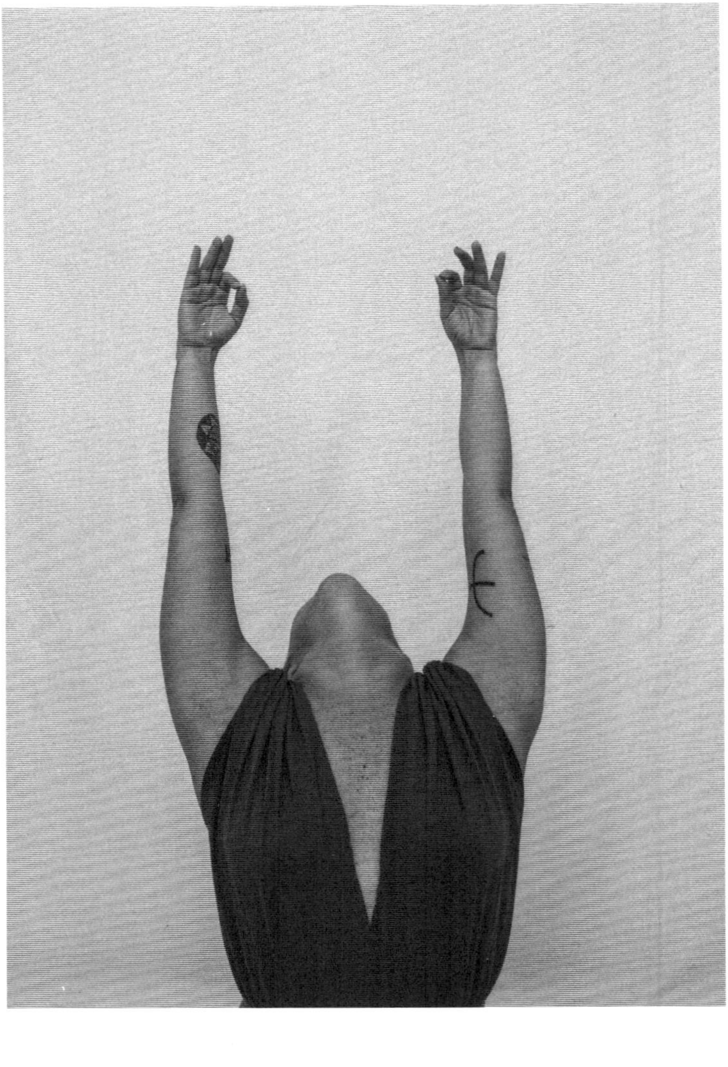

*

eu não vou domesticar meu corpo
eu não vou domesticar meu corpo
eu não vou domesticar meu corpo
eu não vou domesticar meu corpo
eu não vou domesticar meu corpo
eu não vou domesticar meu corpo
eu não vou domesticar meu corpo
eu não vou domesticar meu corpo
eu não vou domesticar meu corpo
eu não vou domesticar meu corpo
eu não vou domesticar meu corpo
eu não vou domesticar meu corpo
eu não vou domesticar meu corpo
eu não vou domesticar meu corpo
eu não vou domesticar meu corpo
eu não vou domesticar meu corpo
eu não vou domesticar meu corpo
eu não vou domesticar meu corpo
eu não vou domesticar meu corpo
eu não vou domesticar meu corpo
eu não vou domesticar meu corpo
eu não vou domesticar meu corpo

eu não vou domesticar meu corpo
eu não vou domesticar meu corpo
eu não vou domesticar meu corpo
eu não vou domesticar meu corpo
eu não vou domesticar meu corpo
eu não vou domesticar meu corpo
eu não vou domesticar meu corpo
eu não vou domesticar meu corpo
eu não vou domesticar meu corpo
eu não vou domesticar meu corpo
eu não vou domesticar meu corpo
eu não vou domesticar meu corpo
eu não vou domesticar meu corpo
eu não vou domesticar meu corpo
eu não vou domesticar meu corpo
eu não vou domesticar meu corpo
eu não vou domesticar meu corpo
eu não vou domesticar meu corpo
eu não vou domesticar meu corpo
eu não vou domesticar meu corpo
eu não vou domesticar meu corpo
eu não vou domesticar meu corpo

*

não temos como nos isentar
de situações que nos derrubam
mas aprenda a farejar
o cheiro denso
que irrompe sua intuição
quando está próxima do abismo
— e caia fora

*

nunca tenha medo
de demonstrar a força
de um vulcão
que mora dentro de você
— não aceite ser vela
onde pode ser fogueira

*

quem tenta frear
sua intensidade
não entende
que não se pode interromper
o fluxo de um rio
após uma tempestade

*

eu poderia ser mais equilibrada
mas fui criada solta na cidade
e vi de tudo
estive com a burguesia e sua mesa farta de lamentações
e com os oprimidos que celebravam e bebiam seus instantes de glória
eu disse para mim o que era certo ou não
e tantas vezes errei
mas carreguei nas costas o peso das escolhas que fiz

já culpei meus pais por ausência e ex-namorados por falta de paciência
hoje me dispo de mágoas permaneço em frente ao espelho
e aceito que tudo sempre foi reflexo
ponho a mesa para minhas sombras sabendo que não chegarão sozinhas
trazem também a luz que me habita
estão sempre juntas e não desistem de mim
abraço a enormidade complexa e tão simples e diabólica que sou

acarinho meu passado danço com o presente e sorrio para o futuro distante
se me sinto julgada percebo que o juiz está em mim

às vezes esqueço meu poder e me escondo embaixo do cobertor
de ilusão
mas quando saio vejo a frase de batom no meu espelho:
"você é incrível"
eu sou
incrível errante da peça da vida
somos todos artistas
minha tia cismava que eu seria atriz
e sou

encarnei minha vida como a história única que é
não quero ser ninguém que não eu
quando penso quão difícil é existir
olho novamente sobre outra perspectiva e me (re)encanto
sou privilegiada
sou abastada de questões e embora isso pese
é parte integrante e indissociável do meu personagem-ser

*

aceito todos os tropeços as palavras não ditas e as repetitivas
não finjo mais ser o que não sou
às vezes sim é verdade
dói ser o que se é e ainda não assumo todos os meus desencaixes
que são muitos
sempre amei histórias
as primeiras edições são tão cruas

tudo que escrevi foram rascunhos do que existe hoje
mas o conteúdo é o mesmo com correções e parênteses:
a alma humana imoral
as insignificâncias
as ânsias
o culto ao direito de errar
não sinto nem aceito pena
estou aberta e jogada ao mundo
tudo pode me habitar

*

se vejo formigas
cruzando uma trilha
é porque vai chover
dito isso eu posso escolher
subir uma pedra
ou voltar para casa
— com a intuição acontece da mesma forma

*

quando a família me faz falta
eu sento no colo de uma árvore
e peço conselhos à natureza

*

eu enterrei meus pés
nunca tinha imaginado fazer isso antes
enterrei porque desejo que eles possam criar raízes
fortes e profundas
meus olhos seguem caminhando pelo céu e pelo entorno
não posso desejar ser fixa
minha natureza é cíclica e mutável

meu corpo pede por mais segurança
caminha por florestas internas desertas
cava cava cava
encontra os alicerces as bases minhas fundações
escava os ossos
canta e descansa sobre eles
me sinto bem e protegida nesse espaço

mas minha ciclicidade pulsa o tempo todo
escuto seus uivos lá de fora e sinto aqui dentro
como ventania que se faz ouvir pelas janelas
e me convida a voar
agora eu sinto medo de voar novamente
e desenterrar meus pés

até que assisto a uma borboleta passear pelo ar e pousar
passear e pousar
e eu lembro que posso ser assim
e mais
que minhas raízes e asas estão cada vez mais dentro de mim
onde quer que me plante
minhas asas são pétalas que se desgarram
são sementes que se dispersam
pra onde quer que eu voe
minhas raízes ainda estão comigo
experimentando as levezas e os inversos

*

o sol me convida
a olhar para fora
a chuva me abraça
e traz para dentro
toda natureza ensina
a observar os ciclos
é sempre o movimento
do mundo e do casulo

*

a gente precisa aprender com nossos ancestrais a arte do encantamento

*

quando estiver entrando
em uma floresta escura
lembre que você tem
um lampião sempre aceso
— seu coração ilumina os caminhos

*

que a compreensão me liberte
para eu dançar sem forma
como o ar
para eu passar deixando o arrepio
sem que possam me notar
para eu ser a brisa fresca
da minha própria manhã
— quero ser só o elemento
mais nada

*

quantas vestes pesadas usamos
que impedem nossos movimentos?
em quantas camadas de roupas sociais
um corpo é capaz de existir?

*

não perca tempo odiando a sua imagem
quem te ensinou a odiá-la
odeia a si próprio

*

você diz que me acha linda
mas não viu nada
— por dentro eu sou muito mais

*

eu sei que a sociedade tenta
nos transformar em uma coisa só
é verdade que possuímos
uma mesma essência
mas somos expressões individuais
desse todo
nossas singularidades
nossas multiplicidades
de vidas
é que nos tornam especiais
se você reprimir sua essência
não for você mesma
ou tentar imitar o outro
você é a primeira pessoa
que não vai ser feliz com isso

*

mulher, te ver brilhar me acende

*

você já se fez carinho
já tocou esse corpo
que é único
e agradeceu por tê-lo?
eu não sei que tipo de corpo
você tem
mas tenha certeza: ele é lindo
ele te mantém em pé
é uma máquina complexa
em pleno funcionamento
o tempo todo

ele quer te ver feliz e saudável
quer ser notado e ouvido
quer que você o toque
descubra o que ele tem
e suas inúmeras funções
          existentes
só — para — te — dar — prazer

você vai ocupar essa casa
pelo resto da vida
não é melhor que se conheçam bem?
que se tornem amigas?
seu corpo é seu território
não deixe que o dominem
não esqueça de cuidá-lo com carinho

— seu corpo é seu poder —

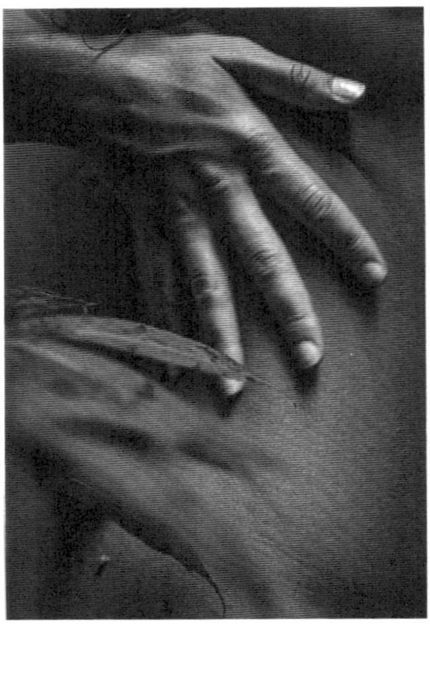

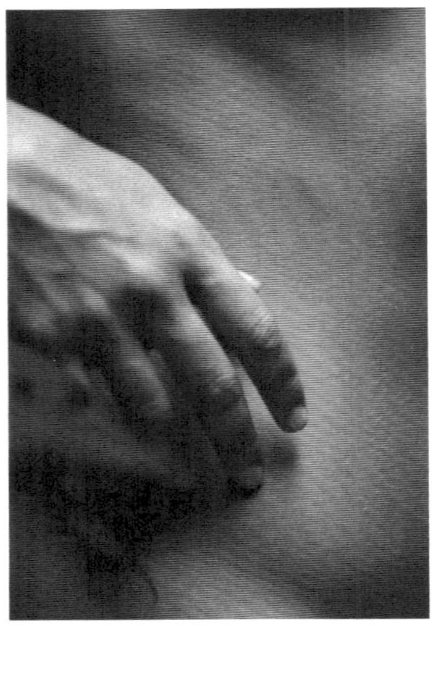

*

há um fio de energia
que conecta todas nós mulheres
esse fio é contínuo
atravessa nossos corpos
desce pelas pernas
pés
entra na terra
e se espalha em forma de raízes

todas nós temos esse fio individualmente
mas quando nos identificamos
e unimos a outras mulheres
ele se torna mais resistente
forte
e cria caminhos que sozinhas
não percorreríamos

olhar uma mulher nos olhos
traz calma para as nossas almas
e corpos cansados
abraçar uma mulher
conectar nossos corações
traz a energia do amor mais puro
— o amor da mãe Terra

*

para termos consciência é preciso sentirmos

*

construir uma morada para a liberdade:
sem portas
paredes
ou janelas

*

o ordinário é extraordinário
e às vezes o que parece irracional
é o mais racional

*

seu propósito de vida
não é necessariamente
o seu trabalho
seu propósito de vida
pode ser aprender a amar
cuidar de plantas
saber ouvir
ou
transformar dor em beleza

você já parou para pensar
que talvez esteja vivendo
seu propósito
e não sabe?

*

renasço em cada instante que me faço
planta luz água fogo mato

foi a terra que me pariu
foi a terra que me pariu

corro para os braços da minha mãe
a queda deságua em mim
eu solo fértil
broto
flor que desabrocha e voa
capitã do mato
semente viva de amor
circulo em êxtase esse espaço

esse som corre em mim
esse vento me leva
essa cor de verde carrego no olhar

nada se demora pois tudo é eterno no agora
não tenho pressa em pertencer
daqui sou vim e retorno
feita de asas garras e cascas
rocha firme e cheiro sutil

as clareiras das árvores me mostram o caminho
o pássaro já fez seu ninho
— eu reencontrei o meu

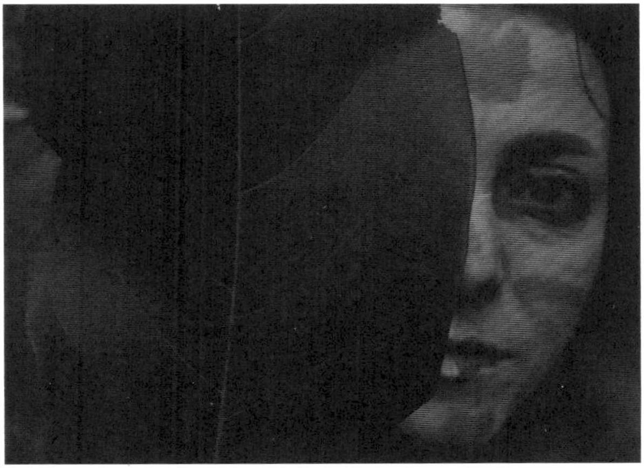

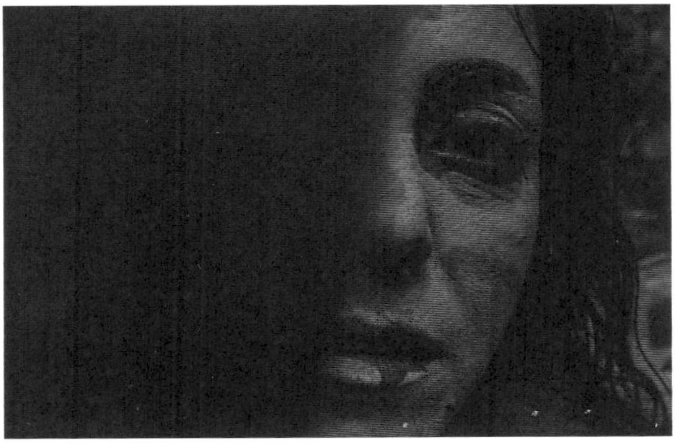

*

o futuro é agora
ainda assim eu sonho
porque o sonho me alimenta
quando esse corpo sair do ato
deixarei as sementes dos sonhos
na terra de quem planta,
quem sofre,
quem ama,
quem inventa

4. O BANQUETE — PARTILHA DO QUE SE APRENDE A COZINHAR

*

prometo a mim:

não me trairei
nem silenciarei
não farei de mim as minhas dores
abraçarei-as
cuidarei delas
transmutarei-as
cada uma em seu tempo

ritualizarei a vida
acolherei meus dias meses e fases difíceis
serei minha melhor amiga
aquela que aplaudirá de pé
na primeira fileira
as próprias conquistas

entenderei meus limites
e os demonstrarei aos outros
não abrirei a porta para alguém que me fere
cuidarei do meu corpo-casa
como o que há de mais importante no mundo
ajudarei todas as mulheres que puder

nem que a única coisa que tenha a oferecer
seja meu abraço
farei um altar para a minha força
e irei honrá-la todos os dias

transformarei tudo o que puder em poesia
não terei medo de fracassar
registrarei o que vivo e sinto
para lembrar o que os fracassos me ensinam
ficarei feliz com a conquista do outro
gravarei:
vidas-não-se-comparam

*

estourarei as bolhas
e irei em direção aos que estão à margem
não esquecerei meus privilégios
ancorarei minha espiritualidade
ecoarei minha voz
manifestarei meus sonhos
não permanecerei em lugar algum
onde não haja liberdade para ser

não terei vergonha de mim
trarei à lembrança
o milagre divino que sou
sorrirei e agradecerei à Natureza
e aos ciclos
onde quer que esteja
confiarei com fé e com intenção

levarei as dúvidas
primeiro ao meu coração
e manterei alimentada minha intuição
lembrarei que se estiver em mim
me sentirei em casa em qualquer lugar do mundo
        que a vida é dor e beleza
assim como toda morte e nascimento

*

eu desejo que você possa enxergar
a magia que existe em sua vida
que perceba que ela não está apenas em rituais
noites de lua cheia
em volta da fogueira
a magia está em tudo

na intenção que você coloca para atrair o que deseja
na percepção da voz interior que sussurra no coração
no reencantamento com o mundo através do seu próprio olhar
na alquimia da transmutação de sentimentos pensamentos ações
na não submissão
na crença em si

eu desejo que a magia possa despertar e permear a sua vida
que não permita que ninguém tire de você esse poder que tem
que todas as sábias anciãs e bruxas que te habitam
possam ser suas conselheiras companheiras e guardiãs
em quaisquer encruzilhadas da vida
que a energia dos quatro elementos te fortaleça
que possa visualizar a natureza sorrindo e ensinando
em seus pequenos detalhes
que saiba que não está sozinha
e que a maior magia que existe está em ser você

*

Mulheres
por favor
escrevam

ainda que não mostrem a ninguém
tenham diários
cadernos secretos
escrevam o que veem
como sentem
o que vivem sofrem inventam
façam isso para si
sem forma
com forma
como preferirem
mas façam
a obra da nossa vida
deve ser escrita
por nós

precisamos de registros
feitos por mulheres
a narrativa
da nossa história

não pode permanecer
na língua dos homens
deixem marcado
para o presente
para o futuro
para o passado

— deixem assinado

*

que pelos abraços possamos ser medicadas
que a frase "não sei, mas estou aberta a aprender"
seja naturalizada
que olhares demorados não sejam evitados
que a consciência de classe seja despertada
que a empatia seja generalizada
que a energia do amor continue sendo alimentada
que seu corpo seja sua morada
que ela seja acolhedora e ventilada
que as vozes dos oprimidos sejam escutadas
que a origem da nossa história seja estudada
que a monocultura da mente seja exterminada
que sementes de luz sejam plantadas
que as feridas sejam cuidadas
que o espírito de luta esteja ancorado
que o silêncio também seja cultivado
que o passado seja consultado
que a terra seja honrada
que a cura individual e coletiva
andem de mãos dadas

— que seja próspera a sua caminhada

com amor,
Marcella

■ primeira edição
■ junho de 2022